JN055414

# 一通の配達不能郵便《デッド・レター》がわたしを呼んだ

*Sawada Toshiko*
沢田敏子

編集工房ノア

詩集　一通の配達不能郵便《デッド・レター》がわたしを呼んだ　目次

2



3

装幀　森本良成

*

序詩　愛おしい日

飽きるほど長い物語だと思ったのに
なにかちがっていたみたい
風がページを急いでめくるので
もう読み終わってしまう
ライフという題の本

あとには
暮らしたままの部屋のようなあとがきと
寡黙な奥付が残されるだけだろう

それがこの本を生きたひとの
存在証明だ

読み始めたのは
たしかに遥かな昔の日だった
その日のことはもうなにひとつ憶えていないけれど
わたしがわたしを読んだように
だれかの手がわたしという本を閉じると

わたしの記憶はだれかの記憶に転写される

この愛おしい日も

1

# 變臉

つぶつぶとした物語を　両手の窪みに受けて洗い
丁寧に　浚える
死——という結晶を
浚えて　浚えて　ついにその一粒が見えなくなるまで

へんめん——むかし　そういうシネマがあった
ときに船上の

ときに路上の　〈親子〉
仮の世の　仮のえにしの
隈取られた　面を
つぎつぎ　変えて見せる技を
〈子〉に　相伝《たく》すまで

浚えて　浚えて　その哀しみがついに見えなくなるまで

# 記憶

## ハンドバッグ

あのときからすでにときは急流になっていたのだ
向かい合って掛けた席で
緊張を隠し穏やかに話しているときだった
宙を泳いだわたしの手がコップを倒した
テーブルは洪水に
向かい合うあなたの服やハンドバッグまで濡らした

ごめん、ごめんね、ごめんなさい……
うわ言のように繰り返しているうちに
店員がおしぼりとモップで拭いてくれた
そうして
何ごともなかったふりをして話し続けたわたしたち

（会ったのは　すべての告知のあとだった）
あのハンドバッグは　それからどうなったかしら
遺恨のようなしみになったの？
それとも諦念のままに艶を保っている？
わたしのほかにはおそらく誰も知らないこととなった
たくさんの出来事の中のあなた
ハンドバッグを持つたびにあなたが感じた
日々に変わる手触り

くらぐらと深い哀しみの中に
あなたは今でもときどき立っている
――乾きにくい記憶とともに

## 観劇

家からは　バスと電車と地下鉄を乗り継いでくる母を
年にひとたび街の劇場に招いた
老人性の病を診断される前のことだ
十年ほど続くうちに
地下街から劇場への行き方がわからなくなり
杖をついて来るようになったが
上演中は眠りこけているのに

来られることが嬉しかったのだ
待ち合わせの喫茶店で話は尽きなかった

台風が近づいていた　ある年
観劇を終え
母を東海道線上り列車に乗せて見送り
わたしが中央線の下り列車に乗ると
次の駅で電車は運転見合わせになった
「台風の影響による倒木が線路上にあり……」
アナウンスが繰り返される動かぬ電車の中で待った
母の乗った電車は
どうやら動いて行ったらしい
——崩れやすい記憶のそばを

# あの日　あの鳥

地下鉄の駅へ
下り坂を跳ねるように急ぐ帰路の背中は
あの鳥にちがいなかった
黄金卿という異郷にいるはずの一羽になった
いもうとの　見馴れた小柄な背中が
どんどん離れていくのだった

去年と同じ学舎のホールで催された講演のあと
本を買い　サインをもらう列に並んだ

一言ずつ語りかけながら
ペンを走らせる上野千鶴子さんの前に立つと
不意に声が溢れた

〈去年は　いもうとと二人でお話を伺いましたが
今年は　わたくし一人で伺いました〉

いもうとさんは？　尋かれ
不帰を告げると
上野さんは鳥類の目をきらりと上げて伏せた
若い日のペンネームのまま〈ちづこ〉と
サインペンを走らせる上野さんの姿が滲んで

あの日　買った

上野ちづこ句集『黄金卿』を膝に置くと
エル・ドラドとルビのある表紙画から
鳥がぱっとこちら側に飛び立ち
去年と今年の幽かな境界を裂き
羽搏き　去っていった

あの日　あの鳥

〈子供は鳥　かはたれとたそかれにさざめく〉*

*上野ちづこ句集『黄金卿』より。

# 花をこぼして

老いたひととの別れがいよいよ近づいたとき
わたしには佇むほか　なにもできなかったが
そのような日に、絵筆をとって
描かれたという　おんな画家の絵の中で
満開を終えた桜が　空にも道にも
花をこぼし続けていた。

樹は　花をこぼしていた
影の上にも　陽の下にも。

わたしには　このようによるひるのおもいを
傍らに置くほか　なにもできなかったが。

老いたひとに　訪れた病は
すでにこの家系には若いひとにも前例があった
花が　いよいよあすかあさってころか
と　満開のときを若いひとは
おもいねがっただろうか
待たれる日々は　また
にくらしい死神への一歩ずつであることを
花を観るひとならきっとうべなうだろう

おもうに　満開は儚い間のことにあらず。
死へのプログラムに埋め込まれた刻《とき》は

金泥の背景に微かな樹影を落とし
花をこぼして停止しているかのようだ
それほどにながい〈満開〉を経て
ふと気づいた　残影が
道々に　花をこぼしているだけで
花は　とっくに截然と。

＊堀文子・画「花吹雪」

# 余熱

——朝の『ひかりの里』ではリビングルームのテーブルのあちこちに、破れ昆布が磯へ打ち上げられて引っ掛かったように、年寄りたちの姿がある。（村田喜代子「エリザベスの友達」より）

地球の磯に打ち上げられた破れ昆布
ひとの終末に滲む滑稽さにわたしはほころぶ
そのように打ち上げられたすえに日向の椅子にある
ひとりの年寄りに近づくと
どうしてわかるのだろう　見えない熾がぽっと点くのだ
瞑目したようなそのひとの口に

好きだったプリンやゼリーのスプーンを
とろ火を焼《く》べるように差し入れた
昔日の火鉢や焜炉を
もうそのひとが急ぎ熾すことはない
暖をとらせ　煮炊きに勤しみながら
風呂を沸かす日々は〈きのう〉終わった
〈きのう〉がこの辺りにはまだとろとろと燃えていて。
そのとき　部屋へ戻る合図のオルゴールの音が流れ
遠目には破れ昆布の切れ端のごときひとらが
手を取られ　名を呼ばれ　車椅子を押されて
ホールの空気が俄かに動き出すので
この世に
灰が舞い、煙が燻る。
消してはならない

消さぬよう火を継ぐ加減を　識っていたひとらの
火　というよりはただふかい源のようなあの余熱が
このごろしきりにおもわれるのだ
燃えさかるとも
燃えあがるとも
ちがう燃え方がおもわれるのだ

# クロアチアの弾痕

そこにあのひとはいた。
形見には　書棚の何冊かの本や
いくたびも着ていないよそゆきの服や
未明までむちゅうで綴っていたノートや
ありふれたそれらのなかに　在った
クロアチアの弾痕。

陽の当たる村の家々の　壁のかしこに見える
弾痕《それ》は

旅行者が訪れるようになってからも
修繕もされずそのままであったらしい
家々や学校の建物の
砲弾や銃弾の跡。
陽の当たる穏やかな村の暮らし
と　思ったそうだ
ほら　ここ、
あのひとが指さなければ
黒い違和のようなそれが弾痕
であることも　わたしにはわからなかった

いつの間にか　同行者たちもいなくなり
引き返して撮ったのだろうか　思いをひかれ
ひかれる思いが

濃い影を
まだ顕界《げんかい》に　落としていたときのこと

あのひとの指先を追いながら
どの方向からも狙われているとかんじる一瞬があった

ふるえる砲身
クロアチアの

あのひとの最後のさびしさを
(にんげんのさびしさを)
遠くこちらで
もう　目を閉じた壁になって
被弾するほかなく。

# 美しい秋

船乗りは「こころの電話」にダイアルし
定時制高校の数学の宿題の解き方を聞いていた
(こころの相談ではなくて?)
(いいんだ　何でも)
破顔を残し　事務所を出て行った

そのころ　わたしは事務所に二つ並んだ机の
左の一つに向かって座っていた
かもめが　窓ガラスすれすれに飛翔してきた
「こころの電話」の番号は知らなかった

自分で　自分に電話をかけていたから

こころの症状をひとに伝えることは難しい
それを　症状と呼ぶのかについても
カウンセラーはしばしば
からだの不調を内科医に訴えるように語るひとの
ことばに耳を傾け　セッションを終える

睡眠障害　頻脈　不明発疹
とか　過敏性腸症候群　とか

からだは　ひとときこころを容れる
〈器〉といってよいが　ときには
こころの　からっぽな〈器〉を

からだが　満たそうとしているともいえる

そのことに　気づいたのは
あの机を離れて　何十年もたってからだった
内線用と外線用の二台のダイアル式電話機
書類立てやゴム印箱や引き出しのホッチキスの弾や
馴染んでいく手触りの　そうしたものたちが
こころに隣り合うものだったと知ったのも

タグボートが一隻
バナナ埠頭のへりを通って沖の方へ出て行く
あの船乗りはむろんもう乗っていない
玉ねぎ列車が北の秋の峠を越える
わたしのあの机はもうない

# 洋々医館

洋々医館へ行くには
煉瓦屋の煙突のそばを通り
鋳物屋の屋根瓦を見上げながら行く
坂を上りきると
堤防の向こうに川のみなもが
せり上がるところまで

Y川！
洋々医館の東側に

溺死者を立たせて流れる川
台風や大雨のたび
位牌と通帳を風呂敷に包んで体に括りつけ
高台の学校に逃げるのだと
川底よりも低地に住む伯母は言った

洋々医館の消毒薬や日向の寝台の匂いは
むしろ晴《ハレ》の域にあった
褻《ケ》は村の裏道や背戸に
死のように打ち臥していたから
イヌマキの垣の径で三、四人ずつ
遊ぶ子どもは
どこか神の族の貌《かお》をしていた
夕方　はやてで落命した

ともだちの弟は五つだった

洋々医館にかかることなく
洗面器一杯の喀血をした、女のひと
の面差しと声を忘れてしまった
（わたしの保育園のせんせい）
誰も近づかない小屋にひとり臥していた、男のひと
のことをもうこわがらなくてもよかった
（わたしの遠い縁戚の小父さん）
洋々医館に最後に行ったのはいつだったろう

待合室のあたりまで
昼餉のしじみ汁が匂ってくる日
骸骨の長い指に絡まれないように

走り出た外は一面れんげ草の田圃
ピンクの雲の上に軟着陸した
数えななとせ
母がサージの服地で縫った
花紺のジャンパースカートの胸に
父が姓と名を書いてくれたハンカチを留め
ズック靴を下ろした入学式までの
いっしゅんが　さあっと春風にさらわれていった

解体された
薬医門をくぐって

夏休みになると　広島　という町から
子どもを連れて帰ってくる

磯村さんの　しげ子さんがやさしく言った
——遊んでやってね
　ことしも長くおるけん。
坊主刈りではない髪型《ハイカラ》だった
えいじ君は　すぐに黒い睫を伏せるのだったが
——……じゃけん。
かすかな小声がうつくしい子どもだった

＊洋々医館は明治五（一八七二）年、愛知県旧碧海郡の田舎に創設された西洋医学による診療所・病院。医館は百年間以上にわたり存続したが、昭和五五（一九八〇）年に閉館された。

# 石屋の人たち

むらの幹道に沿って自営の店がいくつかあり、いつのころからどのようないきさつでここに開業したのかは詳らかでないが、多くは一代目か二代目が営んでいた。乳母車屋は籐を自在に編み込む技量を店先で見せていたし、下駄屋の店主が店の座布団に座って一足ずつ下駄を拵えていた姿も、まなうらに残っている。

石屋は、それらの店が点々と続く幹道の一番東の端に構えていた。綿屋のガラス窓の中では打ち直される綿がときに踊るように機械にまつわり動き、ブリキ屋は大抵三輪トラックで外の仕事に出かけ、一軒措いたそこが石屋。広い内庭があり、石を加工していた。カズミという名の女子の同級生がいて、「石屋のカーミちゃん」と皆に呼ばれた。大勢の兄弟姉妹の中で、カーミちゃんは下から二番目だったろうか。

いくつかの枝道が幹道につながっていた。枝道の先に濃く繁る集落の暮らしを賄っていたのが、あれらの店屋だった。ラジオ屋と毛糸屋はあとから出来たのだが、小学校の前で文房具と駄菓子と雑貨を売る新店《しんみせ》は年中無休、東西に二軒ある饅頭屋は、法事や彼岸や祝言の注文を分け合い一年を通してそこそこ繁盛した。

石屋が、そのようにむらの暮らしと結びついていたとは考えにくいが、どの店屋もそうであったように少しの田畑を作りながら、カーミちゃんたち大勢の家族の口を養っていたのだ。

カーミちゃんにそそのかされてカンニングをしたことがあった。算数の珠算のテストだった。初めて珠算を習う授業があった日、昼の放課に中学校の運動会を見に行き、大勢の児童が午後の授業の時間に戻るのが遅れた。一緒に遅れたカーミちゃんは算盤学校に行っていたので「私が教えてあげるからね」と言った。算盤学校に行っていないわたしが初めに躓いたまま、テストの日が来た。「どうしたの？」という目でカーミちゃんはわたしの空白ばかりの解答欄を覗き、次々と自分の弾いた答えを教えた。カーミちゃんはわたしが書くまで、何度も答えを言い続けた。

石屋のカーミちゃんとは特別に親しかったわけではなく、一学期間、席が隣り合わせだったのだ。わたしに石屋のことが気になったのはカーミちゃんのせいばかりではない。広い内庭に置かれていたむらには似合わない石の静けさがなぜか気になったのだ。用途のわからない角張った石や丸みのある石が、多過ぎず少なくもなく置かれ、ときに石を穿つ音が真っ直ぐ空に撥ね返った。

しかし、その作業をする人を見た記憶がわたしにはない。夕方、門先にたむろしていたカーミちゃんの姉さんたちは気怠そうに髪をゴムで留め直し、袖なしの服の裾から脇腹を覗かせていた。あの庭は宇宙人の来る通路につながっている！　脈絡もなくそんなことを思った。石屋は宇宙から落下した石たちをここにひそかに溜めているのだ、とわたしは確信し、なぜかそこにある石たちに畏怖を覚えた。それから、言いようのない悲しさも。

石屋の人たちは長い年月と世紀にわたって宇宙のどこかから来た人たちの末裔であったのかも知れない、と今も思うことがある。カーミちゃんの短いおかっぱ頭からのぞく襟足には、いつも小さな吹き出物がぽつぽつとあり、少年のような横顔をわたしに見せた。

上空高くから俯瞰すると、むらはあちこちに小集落を繁らせて枝を広げた地上絵の樹の形をしている。石屋はその根元のほうにあった。

2

# 檸檬と手榴弾

檸檬と手榴弾。
――それにはもう手垢がついている
爆弾と赤ん坊。
――これも言い古されるだろう　じきに
甲骨文だって
刻みつけた祈りや彫りつけた呪いを
使い古しとは思わせもせず　感嘆させるのに
三千年余もあとの　使い古した手と
青ざめた眼で

檸檬と手榴弾。
なんて
まだやっている莫迦。
ところが
あるときわたしは「読書ノート」の旧いページに
自ら書き写した次のくだりを読み返し　射すくめられた

《長いこと僕は鉄がこわかった。鉄の破片でもころがっていれば、それが爆発するのではないかと恐怖にとらわれた。近所の女の子は三歳で、「レモン」を見つけた。そして、人形をあやすように揺すりはじめた。ボロ布に巻いて、揺すっている。手榴弾はおもちゃぐらいに小さいが、重い。母がかけつけたが間に合わなかった。戦後も、ペトリコフ地区のスタールィ・ゴロフチッツァ村では、さらに二年間、子供たちの埋葬が続いた。母親たちが毎日泣

いていた。（ジーマ・スフランコフ、五歳《当時》。機械技師、ミンスク在住）》

対比　ないし親和の　ことばがまたひとつ去らず、戦争と子ども。

＊スベトラーナ・アレクシエーヴィチ、三浦みどり訳『ボタン穴から見た戦争——白ロシアの子供たちの証言』から引用。

# 一通の配達不能郵便《デッド・レター》がわたしを呼んだ

闇のほうから
一通の配達不能郵便《デッド・レター》がわたしを呼んだ
受取人のわたしが見つからないというのだ

わたしはどこにも転居せず　ずっとここで
絶望の林檎、という命題を解いていたのに
合間には蜜入りの林檎をくし切りにして
少しずつ食べた

冷蔵庫の野菜室にはオレンジが一個、
ピーマンやシメジや葱やキャベツと混在し
扉の中の無意識を保冷している
テーブルの上には　デニッシュパンや
バターロールや蜂蜜があるのだけど
あしたもそれらの前にわたしはいるだろうか

手紙がわたしを探している
差出人があちらの、多分　戦火の下にいて
なにごとかをわたしに伝えようとしているのに

《……手紙は三週間、ときに一か月もかかって届けられた。運搬
をする人が殺害されることもあった。*》

すべての通信を絶たれた
手紙の運搬人にわたしのサラダを
食べさせることはできなかった
匿名の差出人に
パンの皿を渡すことも　もうない
死んだ郵便が生き返る日まで
差出人も受取人も生き延びなくてはならないから
絶望の林檎を放り投げ

オレンジを一個、剥くと
揮発する輝き　が闇のほうに届く

郵便配達人が赤い箱をバイクにつけて
走り去った午後四時は

百年前の午後四時だったかしら

言葉をください
手紙をください
こころをください
恨みや呪いは要りませんから
ぶべつもぞうおも受け取りませんから
瀕死の郵便物を蘇生させるにはどうすればいい?
わたしたちが生きなくてはならない

あなたが予約された本を用意できました
期日までに窓口で受け取ってください
わたしの町の　閉鎖されたままの図書館からメールが届く

＊山崎佳代子『パンと野いちご――戦火のセルビア、食物の記憶』から引用。

# 椅子

——その隣にある

少女の　隣の椅子が空いているのは
ひとつの問いのためである
待ち続け待ち続け　少女の
影はいつかおばあさん《ハルモニ》のかたちになっていた
おばあさんの影を背に
少女は　まだおさなさの残るすがたで待つ
待つこと——それが強いられた宿命だから
アルミ貨幣三枚半ほどの軽さの
ハチドリみたいな

小鳥がきて肩にとまった
いつか少女の魂魄が小鳥になるときのために
おさないものの握りしめた拳ほどつよいものはない
辱めと貶めの
受苦の日の風が少女の額を撫でていく
恨《ハン》の時間がちいさなつむじかぜをおこす。

〈「お坐り」
　そこにひとつの席がある〉*
と書きしるした詩人ならどうしただろう
少女の横に　置かれた一脚の椅子
〈「お坐り」
　そこにひとつの席がある〉
スニーカーの女子学生がきて　隣に坐った

少女の顔を拳を　覗き込む　彼女の
黒髪が少し揺れて
触れてみる　じぶんの手を　少女に。
しばらくのちに
少女の隣の椅子の前には愁い顔の老人がきて
立ち止まったのち　坐らなかった
だからといって　誰かが責めるわけではない
あの　皺深いおじいさん《ハラボジ》の兄弟を。

裸足で辛苦の道のりを歩いてきた
少女の踵《かかと》の泥土はすでに
ひとびとに拭き清められていたが
擦れた皮膚が癒されるまでの
道のりはさらにながく

ふたつの踵は祖国の地面に
まだ
着地できない
その隣に
象徴の椅子が一脚
腰を深く折ったままにわたしを誘う。

*黒田三郎「そこにひとつの席が」(詩集『ひとりの女に』所収)より。
*「平和の少女像」の制作者で彫刻家、キム・ソギョン、キム・ウンソン夫妻は作品の細部に宿らせた多くの意味を語るとともに「彫刻は美術のなかで言えば詩のようなものなのです」と言った。

## 《有》の音《ね》を曳いて

その村を通ったとき、道に向かってどの家も裏口を開け放してあるのが奇異だった。薄暗い土間では誰も見ていないカラーテレビが、音と光を放っていた。めぼしいものはほかにないけれど、誰も見ていないカラーテレビがつけっぱなしで《有《ヨオ》》を報せた。「日本軍ハココマデ来マシタ」。土埃立つ道を歩きながら案内人は飄々とつけ加えた。

黒ずんだ四囲荒壁の郷鎮の家は、裏口を開けたまま。つまり裏口は塞がらない傷口でもあるのだが。ふと足を止めたのは、閾《しきみ》に腰掛けた小学生の姉妹がふたり、道のほうを向いて丼を抱き、笑って箸を動かしていたから。午飯《ひるめし》を食べるために休み時間に村の学校から帰ってくるのだ。年寄りのほかには跨ぐ者もいない閾にちょこんと座った姉妹が、どうしてあんなに堂々と午飯を食べていたのか。

そのことに心動かされていると、奇異なものは私の額に張り付いていることがわかってきた。奇異は剥がしても皮膚のように再生した。案内人は飄々と先へすすむ。コマデ来マシタ……のは、呉淞《ウースン》上陸後一か月で死んだ伯父のいた部隊の、ながいそれからだったろうか。

〈鬼子来了《おにがきた》〉

俳優Kの演じる日本兵が麻袋に入れられ

土間の暗がりに転がされている
やがて　日本兵は
村から送り帰されて
それが悲惨な結末の始まりだったが……*

眩しい午後の道に
昼ごはんを食べ終えた
子どもたちが出てきて
Kに似た日本兵が村の時空を彷徨っている
そんなこと　かまわずに
いま、ここでは　《有》
子どもたちが笑い合い　もつれ
尾鰭ふるわせ
誰も知らない清流を溯って行った

――鬼子来了《クイズライラ》！

だが　村にはもう誰もおらんぞ
青空のどこかから降ってきたような
伯父の声がした
互いに会ったことのない血縁の声が
伯父さん　わかるのです
そこでも知らない血脈が続いたり絶えたりしたことでしょう
――有人嗎《いますか》？

でも　村にはもう誰もいない
土間につけっぱなしのカラーテレビの
液晶画面から

火焔のようなかなしみが噴き出しているだけで。

とおく
学校から歌声が聞こえたような気がした
《有》 の音《ね》を曳いて。

＊チアン・ウェン監督映画「鬼が来た！」

3

# 愛人

けっこんした　あいてのことを
愛人　という

わたしの　おっと　つま　はんりょ
あなたの　おくさん　だんなさん　おつれあい

すべて
愛人　という

あいれん
いまでは
としよりか田舎のひとしかつかわないそうだが
あいれん
このことばがすきだからつかった

長旅の
二等寝台車の三段ベッドでとなりあった
ねんぱいのだんせいに
あなたのあいれんはおうちですか　と

旅行かばんをいすがわりにすわった
これからうちへかえるところだというひとに
わたしの「愛人」のはつおんは

まっすぐにとどかなかったのか

リィさんが「あい、れん」と
つよく　くちだししたので
びっくりしたように　わらってうなずいた

あい、れん

あい　や　れん　が
窓のけしきにうかんでくるようだ
みしらぬ　たこくのひとの
ふくみみが
かすかにうごいた

# あした　いません

あしたを悩む人が
玄関の引き戸を滑らせて過去から入ってきた
人は過去でできているから
きょうの不在を許されるのだ
過去の記憶
過去の希望
過去の呼吸
過去の慕情
過去だけがまだ失われていない

季節の上に日々を積もらせ
日々の上に季節を重ね
過去は忘れられるが消滅しない
世界は過去でできているのだから
わたしも
どこかで織られていた布の中に
ひっそりと在るひとつの織り目だ
だれも
もうわたしを見つけることはできないが
まだ織られていない
あしたや未来の細い糸がほぐれ
そよぐときに
過去の記憶とともにわたしを
だれかが憶い出してくれるだろう

麦秋のあるいは
小春日和の明るさが
ああ、とまぶしく過《よぎ》ったあとに

# 庭と無窮

ひとつぶの種が
遥かに無窮のほうから
ぽっと――――
繊維のくずみたいに浮かぶと
そのままもう
降りてくるほかないような通路を旋回しながら
ひとくれの地に着き発芽するまで

起点よりも　さらに杳《とお》い

誕生とは
微塵のように浮かんでしまうこと　だった
ふっと――――
もっと重いなにか　なまめくなにかだったら
耐えられただろうか

眼窩に麻酔注射をされて
顕微鏡下で目の手術を受けているあいだに
わたしがかんがえたのは
そのようなことだった

わたしたちにつながるひかる産毛を持つものが
十日ほど前に来たばかりだった
誰もが通って来たらしい

しかし　まだ
誰も知らない沈黙する天体のあいだを
どんな始まりの孤独を掻き泳いで来たのだったか

右眼　硝子体に映る万華鏡のような
天体の不思議な彩色を　粛然と見ながら
わたしがイメージしたのはそのようなことだった
手術室の扉の向こうへ出るとき
退院したら
秋播きの種を播かねばと思った

――――――庭に

わたしたちの庭が宙の声と交信を始めたからだ

# 泳ぐひと

笑ったような貌を　ふわぁ　こちらに向けている
超音波がとらえた画像は
細密に合成された刻々のなかの一齣だ
曲げた足の先の粒つぶの指も
むろんコンピュータの技だけれど
不意に胸を衝かれたのだった
とおい潮のなかを泳いできたね
かなたからきて　なおかなたに
繋がれているものよ

そこにきて
聴いている
味わっている
目覚めている
奇跡とは
「日々にごくありふれた、むしろささやかな光景のなかに*」
こそ　ひそんでいると言った詩人の
細めた目の奥ににじむような涙のあかるむ行間に出ると
待つほかになにもない　わたくしたちの〈時間〉
火のような宇宙と宇宙が猛速で飛び交うなかで
待つほかはない〈時間〉
グラジオラスがもう咲き終えた
ツリガネニンジンがまだ往き暮れている
いつ問うことを知るだろう

いつ問われるのだろう
いずれであっても
おいで　わたくしたちの舟に

＊長田弘詩集『奇跡―ミラクル―』あとがきより。

# ブッダ・フェイス

まなじりにひとすじ
なみだの跡だろうか
転生の笑い皺の名残りのような
それも消え
現し身のひと日が、面《おもて》に泛《うか》ぶ。

係累になる前には
何族　であったのだろう
さめているとも　ねむっているとも見える

〈ブッダ・フェイス〉
あわあわと結ばれる笑みの現象。

仏の、かお　と
産婦人科医の呼ぶ
ひとときを恵与された
きみ、のいたせかいは急速に収縮し　圧縮され
きみは運ばれてきた乗りものからここに降りた

つむり、ぬか、ほお、みみたぶ
抱っこバンドにくるまれ
帰っていったあとには
うすあまい〈きみ〉といういい匂いが
しばらくここに漂っていた

〈きみ〉が　むしょうに懐かしいのは
〈きみ〉の前に〈きみ〉がいて
その子も　〈きみ〉の前に
ただ　居るからだ
連綿と。

# 盗人萩　――晩学記

不老町
昨日の道を
今日も通り抜けてきただけで
いきなり草の弾の洗礼を浴びた
――盗人萩《ぬすびとはぎ》、もうそんな季節なんですね。
スカートの膝から裾の方までびっしり
鉤《かぎ》刺さったいばらの弾を
とりあえず武装解除したい
うなずいた人はむしろ季節の見事な反転と

植物の身の処すところに感じ入る様子で

昨日の道を
今日も通り抜けてきたと思ったのだが
今日のかよい路は
もう昨日のかよい路ではなかった
今年の叢《くさむら》が去年の叢と
同じではないように
鞄には眼鏡ケースとレポートがあった
カカオの多いチョコレートをひとかけ貰った
盗人萩、日暮れるのを待っていたか

盗人萩、わたしの手中におまえを握った
なにものにもなろうとせず

なにものであろうとした
手ごわいものに　ひそかに感服した
耿耿たる灯火の下
夜間講義のあとで
わたしは昨日のかよい路を　明日も
通り抜けるだろう　メッセンジャーの微笑で

＊名古屋市千種区不老町。名古屋大学本部キャンパスの所在地。

# 彼女たち

――小祥忌

母は　ほとんど固有名詞だったが
わたしにとっては

もう　固有名詞からは脱け
わたしの握る紐帯から解かれ

ひとりの女人　になり
ひとりの故人　になり

母は　たとえば水に
たとえば火に変わっている
がんらいの名詞に戻る

とくべつなひとだがとくべつなひとではない
だれか　になり
だれでも　を表象するものに

# あめふりぼし横切って

〈雨降り星〉
という意味が　その語には隠れていた
名づけた人も
つけられた人も知らない星だ
蝸牛が一匹泣きながら天を見上げるように
この世界を横切っていった

畢《ひつ》。

朋友の名の中のこの字を覚えるのには
少し時間がかかった
彼女は私の未熟な研究論文のために
長いインタヴューに応じてくれた
書くことで
書かれていた　私が。
私の中の質問者が聴かれ、執筆者が執筆された。
私とは
そういう、ひそかに受身のものを指すのだった。

# 推敲

――魂の手仕事

それから　途中だった推敲を始めた
明るいベージュの付箋が目下　推敲中のところだった
ペンを持つ　書き込む　抹消する　ペンを置く
推敲者は夜　来る　小さな灯下が仕事場だ
その姿はたいてい自身にも見えない　透明者である
気配があればよい
シャーマンになり　職人に身を変えて
老獪な眼力　と　質樸な根気よさを　備えたペンで
断裂を縫う

推敲を重ねるうち
ひと晩で蓬髪になり
腰やひざをひどく曲げてしまった女が蹲っている
ひと晩は　そんなに永かったのか
推敲は佳境にあった
終れば　やがて　弊衣を脱ぎ捨て
ペルソナを剥いで　推敲者は帰って行くだろう
彼我を分かつ薄明の光がやわらかい
ペン先が青墨の文字を刻む
あかつきの終行に向かって。

# 詩篇

一行目は
そっと置くだけでよい
ほとんど運命の賜だから
なにかを仕掛け企もうとはせず　むしろ
近づく有象《うぞう》無象《むぞう》の手を払い除けることだ

中ほどは
香味があったほうがよい
燻製肉の旨味を

舌に載せて味わう読者《ひと》のために
それをじっくり噛み締めてもらうために

終行は素っ気なく訪れるが
輝いていてもいい　金剛石には及ばなくとも
渋い淡水真珠ほどには
とおい何かにつながるせつない懐かしみを
投映《うつ》していればなお素晴らしい

そんな詩篇を　いつか
書く日が
どの人にもあって

一篇の詩が待たれている

# 木の名、風のはらを

一本の大きな木が一本だけ
おりおりの季節の　空と地の間に立っている
ある人からそんな絵本を贈られた
文字はまだ　刷られていない
四季に立つ　木の写真だけ　遠く近く

頁《ページ》をひらくたびに
発せられるのを待つばかりのことばが
文字のない絵本のうえにあふれそうになる

喋る人は　この絵本のなかにはいないが
とある集会所や町の珈琲店で
葉ずれのように喋っているだろう
思いを込めたことばで

大きな木は　ほそい葉先を少し震わせ　また謐《しず》まっていく

一本の大きな木がその大きさになるまでに
知られざる地上の航海とも呼ぶべきときがあった
そのながい航跡を
虹色の涙もつ蝸牛が　地に曳いていくとき
わたしは薬袋を家に置き
野に出て
靴はよろこびのあまり

古株に足をとられるだろう！

いまは野に擬態するような　古株も何かの木だったのだ

いまは中年男になった息子が保育園に通っていたころ
わたしの机も新しかった
いちにちの仕事が終わると
畳や蒲団の上に寝転がって絵本をひらいた
きょう　仕事にかかる前に絵本をひらこう
何かを始める前のひとときには
絵本をひらくことがふさわしいと　このごろおもう

わたしは一本の大きな木に会う
一本の大きな木を撮り続けた人がいた

その人はもう老いただろうか
わたしがすでに老いたように

〈はるにれ〉

ゆっくりと〈音《ね》〉が伝わってきて
梢をゆらしている　極北の木の名、が
わたしの知らない風のはらをゆっくりと歩いている

＊姉崎一馬・写真絵本『はるにれ』（福音館書店一九八一年第一刷、二〇一四年第三十三刷）を、個人詩誌「はるにれ」の発行者大石ともみさんから戴いた。旧い記憶を辿ると、初版第一刷に先立つ「こどものとも」（一九七九年一月）発行の同書が、我が家の薄闇のわずかな隙間にもあった。

# 夕陽が紅茶の中に

月半ばには店を閉じるという、
予告の貼り紙が小さく貼り出されたパンの店で
いつものようにパンと紅茶をとった。
レジを済ませトレーを持って二階へ上ると
笑い合いパンを食む人たちがいて
まだ間に合うものがあったのだとわかった。
いちにち　ノートをとった帰りに
その店でときどき
パンを食べ　ダージリンティーを飲んだ。

さざめき　パンを食む人たちの
なんと慎ましい笑いであったろう。
パンとともに食んでいるもののことを
それぞれにおもうからか
パンも　パンとともに食むものもない
かなしさを知るからか。
そのとき　窓の外に繁る樹々の間から
夕陽が不意に
わたしの紅茶の中に差し込み、
きんいろの海が滔々　溶け出した。
傾斜地の多い街にあった　二階の窓は
少し開かれ、樹々の向こうから
夕陽がわたしの紅茶の中に
恩寵のように、届いていた日。

窓の外から聞こえた
人の声　足の音。
ノートには
E・フロムの《自由からの逃走》について
講義内容が書き込んであった。
パンの店はアクセサリーの店に変わったらしい
その瞬間《とき》にもどこかで無辜の血が流されていて、
あれから
おなじできごとは、ふたたびは起きなかったけれど
おなじことが
もうわたしに起きなくてもいい。
ほかの誰かが　いつかどこかの席で
パンとともに食むものをおもうとき
きんいろの夕陽が

そのひとのティーカップにも
ひとつの恩寵のように差し込んでいたらいい。
もう書き終えるいちまいの葉書のさいごに、
不一
青墨のインクで書いた。

4

# HIMAWARI

そもそも　帰路はない約束ではなかったか
（死を想え）
という羅甸《ラテン》語を教えてくれたひとも
不帰となって久しい
（死を忘れるな）
怠りがちな植物の鉢への水やり
埋もれがちな机の上の一冊
途絶えがちな意あるひととの応答
（死を忘れるな）

忘れる暇さえなく
想わないでいられる猶予もなく　それは
訪れるだろう　誰にも等しく
それを想っているさなかに
掌からこぼれた種が
地に着くまえに
かるく開いた掌で
わかれを合図するように
きょう
ひまわりの種を播いた
とおい宮城ではひまわりの輝きを纏い
皇后は参賀の群聚の前に立たれた
全身をひまわりの心象に包まれ
長い夏を駈けてきたひと

ウクライナのひまわり畑を
ソフィア・ローレンが歩いている*1
ジョバンナ　あなたの
探すひとはそこにいない
戦いは終わったので
行軍の姿のままで
一面のひまわりが立ち枯れている
（メメント・モリ）
焼け焦げた兵の顔を　ひとりひとり
確かめながら
老年のソフィア・ローレンが
ひまわり畑を彷徨していた
探すひとはそこにいない
もう　探し迷う愛は過ぎた

びょうびょうと哭く声に　ふりむくと
死者たちが　焼け爛れた手で
戦衣をほどき　にじり寄って来る
（あの戦線で）
ひまわりの
死を孕む　向日性
死が孕む　もうひとつの向日性に
めくらむ　あした
マストロヤンニの広い肩幅が遠ざかる

夏の掌が種をこぼし続けて

（死を想え）

*

屍《かばね》の顔を　地に向けて
ひまわりが延々と枯れ
陰画の中に立ち尽くしていた　という
そこに死の行軍をみた画家は
けれど
筒状花ぎっしりの　黒い　いのちの
収穫　を描いた[*2]

*

ひまわり

生《いのち》ある種の味を
鳥も人もおぼえていて
袋からひまわりの種をつまんで噛んでいた
授業のない午後の院生室
レポートを書きながら
これ食べる？　と
袋の口を開いてくれた　王さんは
翌年　双子を産んだ
ひ・ま・わ・り
の
舌状花
ひらひら

生を想え！

## 反歌――帰路往来

ぐらぐらの歯根を地中に
つないだまま一年
百日紅《サルスベリ》は
帰ってきたよ
もう　初夏の風がうたうころ
どの樹々にもおくれて　いま
すべらかな幹の皮をしきりに蟻の列が行き交い
その蟻の泪みたいな赤い芽を
ぽちっ　ぽつ　噴き出した

深手を負っているのかはわからない
帰ってきたのだ　蜘蛛の糸ほどのイノチの帰路を伝って
胎児が産まれてきたときに通ってきたような
そういう路を通って　往くんでしょうなぁ
野の花診療所の医師　徳永さんは言われた

＊1　ヴィットリオ・デ・シーカ監督映画「ひまわり」
＊2　堀文子・画「終り」

# リュウ・シィア

約束はひとつの封印である
解けない封印はわたしにもある　と思った
そのひとが　徳国の空港に降り立ち
小鳥の雛が孵ったように
まだ濡れている翼をよわよわしく　しかし
喜びを隠さずに広げて見せたときに

〈ひとみの中を小鳥が飛び
葉の落ちた木からオリーブの実が一粒落ちる

秋のあの朝を体験したので
成熟など拒絶する[*1]〉

秋のあの朝　押し入った者たちに
引き剥がされた裸のたましいとたましいは
強権の監視下で獄中結婚した
くり返される拘禁と自宅監視　労働教養処分を受ける男と
一九九六年　リュウ・シィア　三五歳の晩秋
北京藍《ペキンブルー》が鳥かごを覆い尽くすので
ひたすら　詩篇たちが羽撃くのだ

一九九九年　リュウ・シィア　三八歳の秋
釈放された夫のふたたびの執筆活動開始と
それから九年後の二〇〇八年

「〇八憲章」起草の中心人物として
国家政権転覆煽動罪容疑で拘束された夫が
一審判決に続く二審判決の実刑を確定された
二〇一〇年　リュウ・シィア　四八歳の冬

生きてあるひとの齢を　わたしは刻んでおこう
そのひとが　毒薬ならば
わたしは　厠の清紙《きよめがみ》だ
剃髪の意思に一瞬のはにかみを見せて
あなたの果実は笑《え》む
あなたの果実は酸っぱい

〈この一本のナイフには
ただひとつの天賦がある

暗い隅で傷の養生をし
書物のページの間で手足を伸ばす
繊細でしかも明るい[*2]〉

——霞妹へ
——小霞へ

囁き呼びかけるリュウ・シャオポの
せかいでもっともしんみつなひと
リュウ・シィア　は彼の毒薬
しなやかにせかいを腑分けするナイフ
その切っ先がふと
解けない封印を縛るわたしの紐に触れた

生年はまさに　「三年災害」のただなかだった
リュウ・シィア　一九六一年　北京生まれの
このひとの出生コーホート人口構成グラフは
大飢餓に深くえぐられ　ルビンの壺のようにくびれたままだ
幸いなるかな　北京
北大慌《ペイタアホアン》からの黄土辺土からの空っぽの穀倉地帯からの
あめかぜのひでりの人為のただなか

*

一九八九年「六・四」　リュウ・シィア　二七歳
そのとき
もうひとりの女《ひと》　チェン・ヤン　二六歳は
北京生まれ　幼少期に

紅衛兵たちに取り囲まれる母親を見た
いたるところ出現する大字報の文字をただ見上げ
隠れたい母の背はなかった
所在不明の母親に代わり　田舎の祖母に育てられた
よくあることだったけれど　そのころは

「六・四」では
車輛に火を放たれ一人逃げ込んできた若い兵士が
怒りくるう学生たちに石で殴られるのを見た

《軍が入るとは思っていなかったです。あのときまで。もうみんなが「天安門に行きましょう」って……。わたしはそのとき、赤ん坊がいたから行けなかった。建物の窓から下のほうを見ていたら凄かった。でも、あの兵士、まだ一六歳くらい、子どもみたいな顔してた。一人、こっちへ逃げてきたから。もう血だらけで。殺される、と思った。血、ばっかりだったよ。本当に可哀想。あのあとのこと？　もずうっと北京にミルク、届かないんですよ、赤ん坊のミルク。北京への交通、遮断され、物がなくなり、生乳《ニユウナイ》、来ない。何日くらいだったか……ずうっと。ミルク、届かなくて。母乳、足りなくて。待って、来なくて、待って。わたしは、ただミルク、届くのを待っていました。》

＊

チェン・ヤン　もうひとりの女
リュウ・シィアとおなじときに
北京で生まれ　育ち学び暮らした
白いミルクに飛び散る鮮血を心に抱いて

故国を離れた
緩やかな離脱か？
芸術の獄への囚われか？
選びようもなく　選んだ

二〇一八年七月　リュウ・シィア　五七歳
徳国の空港に立つ
わたしは少しも知らなかった
聡明な友人たちのようには
ただ呆然と
してい
た

犠牲者の魂たちと交信せよ

# 魂の記憶を奪還せよ
# 〈雪のように輝く記憶〉を
## ——もうひとりのリュウ・シィアへ

＊劉霞《リュウシィア》＝詩人、画家、写真家。二〇一〇年にノーベル平和賞を受けた夫、劉暁波《リュウシャオポ》を囚われのうちに喪う。長期にわたる自宅軟禁生活を強いられて心身を病むが、二〇一八年七月ドイツへの出国を果たした。

＊参考資料　『最後の審判を生きのびて——劉暁波文集』岩波書店。

＊1　劉霞「暗い影——暁波へ」（詩集『毒薬』劉燕子・田島安江訳）から引用。

＊2　劉暁波「世界を深く刺すナイフ——僕の霞へ」（詩集『牢屋の鼠』劉燕子・田島安江訳）から引用。

## あとがき

豹紋の蝶がしきりに纏わり、離れ、庭先を舞っていた。

しばしば交感し、「Sちゃん」と、子供の頃から親しんだ名を呼びかけると胸がいっぱいになった。美しいとは言えないけれど、この色の蝶が来るとなぜかSだと確信されることがある。二センチにも満たない羽を開き、舞う姿が人の笑みに重なって見えるのだ。遠ざかると見えては、急接近する。何度も、何度も。やがて蝶は低い花木の先に羽を畳んだ。報《し》らせたいどんなことがあったのだったか。買物の袋を提げたまま私は惘然と庭に立っていた。

この春先からは、微かに生えて咲いているような草の花にばかりわが目が向くような気がする。少なくない人の経験と重なるかもしれない。

ある生物学者は、美の起源は〈生命にとって大切なもの〉が美しく見えることにある、と言ったそうだ。川沿いの道の脇や堤の斜面には、野生化した菜の花やヤグルマギクの群落、秋にはコスモスや彼岸花の花叢もあるけれど、道の端の僅かな土に生命を享けている、名を知らない草の花の色がとりどりであることに魅せられ、驚かされるのはそこに〈いのち〉への覚醒があったためか。

確固たるものを何も見ていないのかもしれない。巨きな事象も微細な存在も、見える現象もむろん見えない実存も。けれども小さな草の花は点々とそこに咲いたし、川面に目を転ずると、堰の下に集まる鮒や小魚を狙う川鵜、鷺などの水鳥が来ては、飛び去る。この光景がいっさいは白昼の夢幻のごとくに進行しているのだとさえ思われる。

想像だにしなかった世界規模の災厄の襲来と伝播に慄きながら、そのさなかに本書を編むための舟を漕ぎ出した。いつのときにも、生ある者たちと、もういなくなった人たちとの間に交わされる〈ことば〉を、いっそう傾聴するようにと念じたこの貧しい書を私の著書の一冊に加えたい。

前二冊の詩集に続き、このたびも装幀をしてくださった森本良成さんと、この櫂に手を添えてくださった編集工房ノアの涸沢純平さんに深く感謝します。

水無月の雲間に、明るみを求めつつ。

著者

本書の作品は同人誌「鯨々」、詩誌「アルファ」「朝明（あさけ）」「はるにれ」「はだしの街」「詩と思想」、文芸誌「象（しょう）」および新聞文化欄に寄稿・発表したものと、未発表作品から収録した。初出時の作品の幾つかを改稿・改題し最終稿とした。

沢田敏子（さわだ・としこ）
愛知県生まれ
日本現代詩人会・日本詩人クラブ会員
既刊詩集
『女人説話』（一九七一年）
『市井の包み』（一九七六年、第十回小熊秀雄賞）
『未了』（一九八〇年、第二十一回中日詩賞）
『漲る日』（一九九〇年）
『ねいろがひびく』（二〇〇九年）
『からだかなしむひと』（二〇一六年）
『サ・ブ・ラ、此の岸で』（二〇一八年）
現住所　〒四八六―〇九一八
愛知県春日井市如意申町八―十一―九　真野方

詩集『一通《いっつう》の配達不能郵便《デッド・レター》が
わたしを呼《よ》んだ』
二〇二〇年九月一日発行
著　者　沢田敏子
発行者　涸沢純平
発行所　株式会社編集工房ノア
〒五三一―〇〇七一
大阪市北区中津三―一七―五
電話〇六（六三七三）三六四一
FAX〇六（六三七三）三六四二
振替〇〇九四〇―七―三〇六四五七
組版　株式会社四国写研
印刷製本　亜細亜印刷株式会社
© 2020 Toshiko Sawada
ISBN978-4-89271-335-4
不良本はお取り替えいたします